AF455019

VENTE

Du Mercredi 6 Mai 1903

HOTEL DROUOT, SALLE N° 8

à deux heures

OBJETS DE LA CHINE

STATUETTES EN ANCIEN BRONZE PEINT

PORCELAINES — BOIS SCULPTÉS

Rapportés de Chine par M. P..., Ingénieur

Me PAUL CHEVALLIER, commissaire-priseur

MM. MANNHEIM, experts

CATALOGUE

DES

OBJETS DE LA CHINE

PORCELAINES ET ÉMAUX CLOISONNÉS

STATUETTES EN ANCIEN BRONZE PEINT

BOIS SCULPTÉS — JADES

PEINTURES — ÉTOFFES

Rapportés de Chine par M. P..., ingénieur

Et dont la Vente aura lieu

HOTEL DROUOT, SALLE N° 8

LE MERCREDI 6 MAI 1903

A DEUX HEURES

COMMISSAIRE-PRISEUR	EXPERTS
Me PAUL CHEVALLIER	**MM. MANNHEIM**
10, rue Grange-Batelière	7, rue Saint-Georges

EXPOSITION PUBLIQUE

Le Mardi 5 Mai 1903, de 1 heure 1/2 à 5 heures 1/2

CONDITIONS DE LA VENTE

Elle sera faite au comptant.

Les acquéreurs paieront *dix pour cent* en sus des prix d'adjudication.

Paris. — Imp. de l'Art, E. MOREAU ET Cie, 41, rue de la Victoire.

DÉSIGNATION

PORCELAINES

1 — Pot à fard avec couvercle. Porcelaine de Chine.

2 — Six petites tasses : fleurs et canards, en porcelaine de Chine.

3 — Petit vase émaillé gros bleu. Porcelaine de Chine.

4 — Deux petites tasses ornées de chiens de Fò. Porcelaine de Chine.

5 — Bol, décoré de dragons en bleu, en porcelaine de Chine. Provenant du palais impérial.

6 — Deux bols variés : fleurs en blanc sur fond rouge. Porcelaine de Chine. Provenant du palais impérial.

7 — Deux autres : dragons sur fond bleu. Porcelaine de Chine. Provenant du palais impérial.

8 — Petit pot avec couvercle, à décor de fleurs de pêcher sur fond bleu marbré. Porcelaine de Chine.

9 — Vase craquelé, décoré en blanc : sujets de combats. Porcelaine de Chine.

10 — Vase-rouleau à décor en bleu : rochers et fleurs. Porcelaine mince de la Chine.

11 — Deux vases-lancelles en porcelaine de Chine : personnages et zones d'ornements.

12 — Deux pitongs ajourés en porcelaine de Chine : coqs et poules.

13 — Bouteille émaillée rouge flambé en porcelaine de Chine. Dans une boîte en bois.

14 — Petit plat : fleurs et papillons. Porcelaine de Chine.

15 — Vase turbiné. Ancienne porcelaine de Chine. Époque Kien-lung : dragon à cinq griffes, sur fond jaune.

16 — Grand plat : animaux sur la montagne. Ancienne porcelaine de Chine. Époque Kien-lung.

17 — Bouteille avec renflement au col, émaillée couleur bronze. Ancienne porcelaine de Chine. Époque Kien-lung.

18 — Deux bouteilles : paysages et rinceaux, fond jaune. Ancienne porcelaine de Chine, famille rose. Époque Kien-lung.

19 — Vase-rouleau décoré en blanc : sujet emprunté à la mythologie chinoise. Ancienne porcelaine de Chine. Époque Kien-lung.

20 — Vase émaillé vert, décor en bleu et en relief à personnages. Ancienne porcelaine de Chine. Époque Kien-lung.

21 — Deux bouteilles décorées en rouge : personnages, ustensiles et fleurs. Ancienne porcelaine de Chine. Epoque Kien-lung.

22 — Deux bouteilles : paysages, fond jaune à rinceaux et fleurs. Ancienne porcelaine de Chine, Époque Kien-lung.

23 — Douze bols : rinceaux en blanc sur fond rouge. Ancienne porcelaine de Chine. Époque Kien-lung.

24 — Vase émaillé rouge sang-de-bœuf. Ancienne porcelaine de Chine. Époque Kien-lung.

25 — Coupe émaillée rouge sang-de-bœuf. Ancienne porcelaine de Chine. Époque Kien-lung.

26 — Deux coupes émaillées rouge foie de mulet. Ancienne porcelaine de Chine. Époque Kien-lung.

27 — Quatre coupes émaillées jaune. Ancienne porcelaine de Chine.

28 — Bouteille : arbustes sur fond noir. Ancienne porcelaine de Chine. Époque Kien-lung.

29 — Grand vase émaillé bleu uni en ancienne porcelaine de Chine.

30 — Bouteille émaillée rouge foie de mulet. Ancienne porcelaine de Chine. Époque Kien-lung.

31 — Plat octogone, haie fleurie, en bleu. Ancienne porcelaine de Chine.

32 — Plat rond, décor en bleu : arbuste et animaux ; marli caillouté et à fleurs. Ancienne porcelaine de Chine. Nien-hao de Tching-hoa.

33 — Coupe ronde : montagnes dans les nuages, en rouge de cuivre. Ancienne porcelaine de Chine.

34 — Plat rond en ancienne porcelaine de Chine, famille verte : personnages et nombreux enfants.

35 — Plat rond en ancienne porcelaine de Chine, famille verte : combat; marli étroit à fleurs.

36 — Potiche en ancienne porcelaine de Chine, famille verte, époque des Ming : scène familiale à nombreux personnages.

37 — Vase-rouleau émaillé bleu-soufflé, avec traces de décor doré. Ancienne porcelaine de Chine.

38 — Potiche avec couvercle, à décor doré sur fond bleu. Ancienne porcelaine de Chine.

39 — Deux vases en ancien céladon gris-craquelé de la Chine; anses à dragons.

40 — Bouteille en ancienne porcelaine de la Chine, à décor de zones vertes, bleues, et gris-craquelé.

41 — Quatre coupes sur piédouches en ancienne porcelaine de Chine émaillée bronze.

42 — Vase à décor de personnages à l'encre de Chine rehaussée de rouge. Ancienne porcelaine de Chine.

43 — Grand vase décoré de dragons au milieu des flammes, avec quatre mascarons chimériques en relief. Ancienne porcelaine de Chine.

44 — Petite potiche en ancienne porcelaine de Chine, à décor de fruits et chauve-souris, émaillés violet.

45 — Deux coupes en ancienne porcelaine de Chine émaillée jaune ; décor gravé.

46 — Deux coupes décorées des huit immortels et du dieu de longévité, en bleu, sur fond rouge de cuivre. Ancienne porcelaine de Chine.

47 — Petit vase flambé rouge-violacé. Ancienne porcelaine de Chine.

48 — Petite coupe en ancienne porcelaine de Chine, décorée d'attributs en rouge de cuivre.

49 — Grand vase quadrilatéral en ancienne porcelaine de Chine, à décor d'arbustes, oiseaux et papillons, sur fond noir.

50 — Quatre tasses variées émaillées brun en boccaro.

51 — Deux vases : personnages et fleurs. Satzuma.

BOIS SCULPTÉS

52 — Statuette en bois laqué de Kouan-in, debout, à quatre paires de bras. Ancien travail chinois. Provenant de la pagode impériale.

53 — Statuette en bois sculpté et laqué de Kouan-in, assise. Ancien travail chinois.

54 — Statuette en bois laqué or de guerrier debout. Ancien travail chinois. Provenant de la pagode impériale.

55 — Deux statuettes en bois laqué de guerriers debout. Ancien travail chinois.

56 — Statuette laquée de Poutaï. Ancien travail chinois.

57 — Statuette en bois laqué de divinité assise. Ancien travail chinois.

58 — Deux pitongs quadrilatéraux en bois gravé, paysages et inscriptions. Travail chinois. Provenant de la pagode impériale.

59 — Vase, forme gourde, en bois sculpté, à décor de lambrequins. Ancien travail chinois.

60 — Éléphant debout en racine, caparaçon laqué. Ancien travail chinois.

OBJETS VARIÉS

61 — Sceptre de mandarin en ancienne laque rouge de Pékin, à fleurs et personnages.

62 — Petit écran à monture d'ancienne laque de Péking. Feuille en application d'ivoire teint, présentant un paysage.

63 — Boîte à bords festonnés en ancienne laque rouge de Péking : paysage animé.

64 — Deux jardinières oblongues en ancienne laque rouge de Péking, à décor de paysages animés.

65 — Matrice d'impression en bois. Travail chinois.

66 — Treize flacons-tabatières en verre, porcelaine, etc. Chine.

67 — Flacon-tabatière en verre marbré. Chine.

68 — Lot de fragments en terre cuite grise, présentant les huit immortels. Travail chinois. Provenant de la pagode Kouo-chen-Miao.

BRONZES

69 — Six statuettes en bronze peint, représentant des prêtres debout, en costumes multicolores, la face et les mains dorées. Ancien travail chinois. Elles proviennent de la pagode Kouo-chen-Miao, près de l'ambassade russe à Pékin. — Haut., 1 m. 30 cent.

70 — Brûle-parfums quadrilobé en bronze de la Chine, sur base et avec couvercle en bois ajouré et sculpté.

71 — Statuette en bronze de Bouddha assis, coiffé d'un diadème. Ancien travail chinois. Provenant de la pagode Kouo-chen-Miao.

72 — Statuette en bronze doré de Bouddha assis, tenant un fruit. Ancien travail chinois.

73 — Petite pagode simulant le Pei-tang, de Péking. Ancien bronze chinois.

74 — Motif d'ornementation en cuivre partiellement émaillé, composé d'une gourde sur un large support oblong. Ancien travail chinois.

75 — Bœuf debout en bronze patiné. Ancien travail chinois.

76 — Deux coupes ovales sur piédouches en cuivre, décor de rinceaux. Travail chinois.

77 — Deux coupes rondes sur piédouches en bronze, décor de motifs irréguliers. Chine. Époque Kien-lung.

78 — Figurine sur le crapaud à trois pattes. Bronze chinois.

79 — Oiseau sur un tronc d'arbre. Ancien bronze de la Chine.

80 — Bassin chinois en cuivre gravé : scène familiale.

81 — Lot de monnaies chinoises en bronze, de diverses formes et de diverses époques.

82 — Figurine de divinité à tête de taureau. Bronze indien.

83 — Statuette de divinité indienne en bronze patiné et doré. Ancien travail indien.

84 — Statuette en cuivre de divinité indienne à nombreux bras.

ÉMAUX CLOISONNÉS

85 — Grand vase en ancien émail cloisonné de la Chine, à décor de branches fleuries et lambrequins sur fond bleu.

86 — Jardinière ronde en ancien émail cloisonné de la Chine : rinceaux sur fond bleu ; bordures et pieds-figurines en bronze.

87 — Deux bouteilles : animaux et attributs, fond bleu. Émail cloisonné de la Chine.

88 — Deux vases : dragons, fond bleu. Émail cloisonné de la Chine.

89 — Deux grands plats : dragons. Émail cloisonné de la Chine.

90 — Deux boites cylindriques avec couvercles, fond bleu. Émail cloisonné de la Chine.

91 — Deux petits vases : animaux, fond bleu. Émail cloisonné de la Chine.

92 — Deux petites bouteilles, dragons fond bleu. Émail cloisonné de la Chine.

93 — Deux brûle-parfums rectangulaires en émail cloisonné de la Chine, à décor de motifs irréguliers sur fond bleu. Époque Kien-lung.

94 — Deux brûle-parfums, en forme de vases surbaissés, en émail cloisonné de la Chine à rinceaux sur fond bleu. Époque Kieng-lung. Provenant de la pagode impériale.

95 — Deux tasses et deux soucoupes en émail cloisonné de la Chine, à rinceaux sur fond bleu.

96 — Deux vases-balustres plats : personnages et habitations. Émail cloisonné de la Chine.

97 — Vase en émail cloisonné de la Chine : animaux sur fond rouge et zone de chevrons.

98 — Deux vases en émail cloisonné de la Chine : animaux sur fond bleu et zone de chevrons.

99 — Grand vase : dragons et fleurs sur fond noir ; lambrequin à la bordure. Émail cloisonné de la Chine. Époque Kien-lung.

100 — Deux vases turbinés : fleurs sur fond bleu. Émail cloisonné de la Chine. Époque Kien-lung.

JADES, PIERRES DE LARD, ETC.

101 — Cornet quadrilatéral en jade gris gravé et sculpté, à décor de motifs irréguliers. Chine.

102 — Cheval couché en jade verdâtre de la Chine.

103 — Cheval couché en jade gris de la Chine. Provenant du palais impérial.

104 — Petit écran en jade gris taché de vert : paysage montagneux. Monture en bois sculpté. Ancien travail chinois. Provenant du palais impérial.

105 — Buffle couché en jade de la Chine.

106 — Figurine de personnage assis en jade gris de la Chine.

107 — Petit vase porte-fleurs, simulant un tronc d'arbre, en jade gris de la Chine.

108 — Presse-papier, forme dragon, en jade gris de la Chine.

109 — Petite coupe et petit disque en jade. Travail chinois.

110 — Presse-papier en forme de rocher en jade gris de la Chine.

111 — Agrafe en jade gris ajouré de la Chine.

112 — Agrafe en jade gris de la Chine.

113 — Presse-papier, forme rocher, avec personnages et inscriptions en jade gris, taché de rouille. Chine.

114 — Feuille d'écran en jade gris de la Chine, montée sur bois.

115 — Médaillon ovale en jade gris de la Chine, à dessin d'oiseaux.

116 — Petite plaque oblongue, ornée d'attributs, en jade gris de la Chine.

117 — Cinq amulettes : jade et cristal de roche. Chine.

118 — Animal chimérique en marbre. Travail chinois. Provenant de la grande muraille.

119 — Trois petites tasses en albâtre. Chine.

120 — Petit vase-balustre plat avec couvercle en albâtre jaune. Ancien travail chinois.

121 — Figurine de personnage debout en pierre de lard. Chine.

122 — Porte-pinceaux en pierre de lard. Chine.

PEINTURES

123 — Panneau peint sur soie, présentant le paradis chinois. Travail chinois.

124 — Rouleau peint sur étoffe : oiseau, arbustes et rochers. Ancien travail chinois.

125 — Rouleau peint sur étoffe : faisan sur un arbre. Ancien travail chinois.

126 — Rouleau peint sur étoffe : paysage avec montagnes et palais. Ancien travail chinois.

127 — Rouleau peint : portrait d'un empereur. Travail chinois.

128 — Grand rouleau peint sur étoffe, présentant une scène religieuse, avec habitations et arbres. Ancien travail chinois.

129 — Quatre petits écrans à feuilles peintes, à dessin d'oiseaux et branchages. Travail chinois.

130 — Cinq petites peintures chinoises sur soie : arbustes et oiseaux.

131 — Panneau peint sous verre, à décor de vases et attributs chinois.

ÉTOFFES

132 — Panneau en broderie de soie de couleur sur fond bleu, présentant la déesse Shiwan-Mou, accompagnée du cerf. Travail chinois.

133 — Panneau en broderie de soie de couleur, sur fond de satin rouge, présentant le dieu de longévité. Travail chinois.

134 — Tunique en soie et satin de Chine, doublée d'astrakan.

135 — Tunique en soie rouge et broderie de soie de couleur, intérieure et extérieure, doublée d'astrakan. Elle aurait appartenue au prince Tuan.

136 — Tunique de vice-roi en satin gros-bleu brodé : fleurs et oiseaux.

137 — Vêtement en drap bleu et broderie. Chine.

138 — Bandeau en drap rouge, présentant les huit immortels et le dieu de longévité.

139 — Culotte de femme chinoise en soie verte et broderie.

140 — Deux petits drapeaux chinois.

www.ingramcontent.com/pod-product-compliance
Ingram Content Group UK Ltd.
Pitfield, Milton Keynes, MK11 3LW, UK
UKHW021044260726
13994UKWH00005B/2345

9 782329 450377